Geàrr

agus

SLIGEANACH

Do Beth

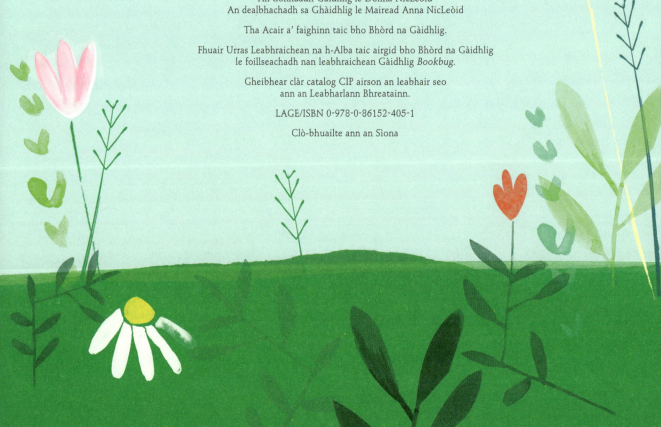

LEABHRAICHEAN ORCHARD

A' chiad fhoillseachadh am Breatainn an 2015 le
The Watts Publishing Group

1 3 5 7 9 10 8 6 4 2

Leabhraichean Orchard
'S e meur de dh'fhoillsichearan Hachette Children's Group
Earrann de The Watts Publishing Group Limited
Carmelite House, 50 Victoria Embankment, Lunnainn EC4Y 0DZ

© an teacsa agus na dealbhan le Alison Murray, 2015

A' chiad fhoillseachadh sa Ghàidhlig an 2016 le Acair Earranta
An Tosgan, Rathad Shìophoirt, Steòrnabhagh, Eilean Leòdhais HS1 2SD

info@acairbooks.com   www.acairbooks.com

© an teacsa Ghàidhlig Acair, 2016
An tionndadh Gàidhlig le Dolina NicLeòid
An dealbhachadh sa Ghàidhlig le Mairead Anna NicLeòid

Tha Acair a' faighinn taic bho Bhòrd na Gàidhlig.

Fhuair Urras Leabhraichean na h-Alba taic airgid bho Bhòrd na Gàidhlig
le foillseachadh nan leabhraichean Gàidhlig *Bookbug*.

Gheibhear clàr catalog CIP airson an leabhair seo
ann an Leabharlann Bhreatainn.

LAGE/ISBN 0-978-0-86152-405-1

Clò-bhuailte ann an Sìona

Geàrr
agus
SLIGEANACH

AIR ATH-INNSEADH LE
Alison Murray

Seo Geàrr a' tighinn.

Hallò, Geàrr.

Hoigh, Geàrr. Hallòoo!

Geàrr, nach tàmh thu
aon mhionaid?

An Geàrr

Seòra leumadair luath

Cluasan
Cleachdte ri fuaim
bualadh nam bas

Sùilean
A' geur-choimhead
air crìoch na rèis

Ceann
'S dòcha rud beag ro mhòr

Sròin
Deiseil airson
fàileadh cùbhraidh
a' bhuaidh

Ròineagan
A' dol air leth luath

Spògan
Eòlach air a bhith sa
chiad àite ann an rèis

Casan Deiridh
Deiseil gu leum
aig àm sam bith

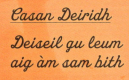

Seo agaibh Geàrr

Tha e doirbh do Gheàrr a bhith aon mhionaid na thàmh, ach 's urrainn dha:

* Ruith tron fheur as diogalaiche

* A dhol na dheann timcheall aibhnichean agus lòintean

* Leum thairis na machraichean fo dhrùchd

(Agus cha chualas RIAMH e a' diùltadh curran)

"'S mise as luaithe air an tuath.
Cha dèan duine a' chùis orm" arsa Geàrr.

An-diugh. Bidh Geàrr a' gabhail rèis ri . . .

. . . Sligeanach.

Am faca duine Sligeanach?

Sligeanach, càite bheil thu?

Ah! Siud i!

An Sligeanach

Seòrsa slaodach agus sona

dealbh 1.
Sligeanach

dealbh 2.
Creag

Seo agaibh Sligeanach

'S urrainn dha Sligeanach a bhith na tàmh airson ùine MHÒR, mhòr. Ach chan fhacas riamh i:

✽ Ruith tron fheur as diogalaiche.

✽ A dhol na deann timcheall aibhnichean agus lòintean

✽ Leum thairis na machraichean fo dhrùchd

(Ach bidh i daonnan a' dèanamh a dìcheall)

"Faodaidh mi a bhith mall, ach ruigidh mi mu dheireadh thall," canaidh Sligeanach le gàire.

Mach à seo chun
an rèise!

"Ni sinn rèis chun a' gheata,"
Arsa Geàrr le gàire, is a
ròineagan a' dol.
"A' chiad duine a bhios ann,
's e bhuannaicheas.
Is sin agaibh mise!"

"Chì sinn" canaidh
Sligeanach le ceann crom.

An uair a ghairmeas an
coileach, sin toiseach na rèise.

Deiseil . . .

Socair . . .

Cùrsa na rèise

Lòn nan lach

Toiseach

Crìoch

Gàrradh nan curran

Craobh sgàileach

Machair

Gug-a-lug-

Ò!

cò as LUAITHE!

Tìoraidh!

Tha deann aig Geàrr tron fheur diogalach.

Tha Sligeanach ag èaladh tron fheur diogalach . . .

"Tha mise cho luath 's mi as fheàrr san tuath," aig Geàrr le fonn.

"Chan eil mi clis, ach thèid mi ris," aig Sligeanach le crònan.

Tha Geàrr air a' mhachair fhàgail is siud e seachad air lòn nan lach.

Och o hì, *chan eil* Sligeanach air a' mhachair fhàgail . . .

"Tha mise cho luath 's mi as fheàrr san tuath,"

"Chan eil mi clis, ach thèid mi ris,"
aig Sligeanach le crònan.

Tha Geàrr air gàrradh nan curran a ruighinn.
(Is cuimhnich, cha diùlt Geàrr curran.)
"Tha mise cho luath . . . dè? CURRAIN!"
arsa Geàrr le anail na uchd.
"Tha Sligeanach mìltean air chùl, ùine gu leòr
greim beag no dhà . . .

. . . agus norrag bheag
bho sgàil na craoibh."

Ach càite bheil Sligeanach?

Ah, mu dheireadh thall
tha i ag èaladh air falbh
bhon mhachair . . .

. . . a' fiaradh seachad
air lòn nan lach . . .

Air a corra-biod tro ghàrradh nan curran . . .
(Amharc air a h-astar!)

. . . agus seachad
fo shròin Geàrr,
fhathast na chadal,
a' bruadar mu
bhuannachd rèisean
agus fuaim bualadh
nam bas.

"Dè fon ghrèin
a tha siud!"
arsa Geàrr le glug.
"Beathaichean le
èighe thoileachais?"

Geàrr na ruith!

Geàrr na chabhaig!

Geàrr na dheann!

Ach, rinn Sligeanach a' chùis gun ach gaiseann eatorra!

"Geàrr, tha thu luath gun
teagamh,"
Arsa Sligeanach le gàire
"Ach choisich mise ortsa seachad!"

Geàrr bochd. Chan eil eòlas idir aige air call.

"Dè an diofar, Geàrr, 's dòcha gun dèan thu a' chùis an ath thuras," arsa Sligeanach.
"Trobhad . . .

. . . ni sinn rèis chun leatas!"